# 星际 4987

Astral Wars 4987

星际 4987/李涵今著 加利福尼亚州


本故事纯属虚构，如有雷同纯属巧合。

**目录**

# 内容介绍

五十世纪末，战争四起，一股邪恶的力量从混乱中涌了出来。那股力量被那时的人称为乐克萨斯力量，意思是天上降下来的恶魔。

然而，机器人和人类英雄从乱世中不断的诞生，抵抗乐克萨斯力量。英雄的力量被称为飞天将力量，意思是天上下来的将军。

可恶的是，乐克萨斯派了几个使者把机器人和人类的关系搞得越来越坏，最终，机器人和人类变成了死对头。

机器人必须和人类合作，才能打败邪恶的力量……

## 第一章：古老的武器还是有用的

地球—4987 年

天空中停着无数架威力十足的虎鲸飞机，他们被许多机械桥连接着，十分壮观。许多架虎鲸飞机打开了门，可是走出来的却不是人，而是超级太空飞船和机器人。陆地上，数不清的新造出来的坦克车，光速飞机，太空战斗机和激光枪从工厂里运了出来。

地面上的高大楼房相比起工厂就像是大象见到了蚂蚁一样。楼房的门有时候会被打开，可是，走出来的也不是人，而是机器人。楼房里时而会传出敲打的声音，时而会传出脚步的声音。随着楼层的升高，敲打和脚步声就慢慢不见。你应该想像得到这些楼房有多高了吧！不过，相对于世界中心大厦，它只不过是一粒小芝麻罢了。

世界中心大厦是世界上最高的楼，那里也是世界各国联盟开会的地方。此时此刻，每个国家总统正快步走向大门。门打开了，总统们走出来了。如果你猜他们也是机器人，那么你就对了，他们的确是机器人。

你看到了那个小队伍了吗？躲在高楼大厦后面的队伍，对就是那个。队伍里都是机器人。他们都是为了抓捕一名全国大罪犯—C7FSIDJ746JIU#SIDIW，简称 C7F。

你可能会问，那人类到哪里去了呢？其实，早在三十年前，地球上一半的人类都参加太空飞船队伍去攻打其他的星球了，而他们的飞船都是从世界中心大厦的顶端起飞的。十一年前，地球上生下来的人觉得地球上很无聊，所以，要么去太空研究其他的星球了，要么去太空旅游了，所以地球上才没有人类。

有一个机器人想让人们回到地球上来，继续发展地球上的技术。他就是世界机器人工厂的领导，A5BD4GY#UI4U 号机器人，简称 A5B。A5B 被选为世界机器人工厂的领导，因为他是第一个被外星人造出来，并且搬运到地球上的机器人。他拥有人类和地球机器人不知道的能力。

这一天，A5B 在工厂里工作。门铃声响起，他快步走到门前，打开门一看，竟然是他的部下——杰克斯队伍里的队长，B6E。B6E 不常来按 A5B 的门铃，所以 A5B 知道大概是杰克斯队伍里出事了。杰克斯队伍是世界机器人工厂最大的一个队伍。他们的任务就是研究怎么做出可以发送到很远的信号，远到可以让所有的人收到它。原来，A5B 为了实现他的愿望，把世界机器人工厂一半的机器人都用来造超音波信号了。

B6E 带来的消息就是杰克斯队伍研究出怎么做超音波信号了，现在整个工厂的人都知道。如果你猜 A5B 会特别开心的话，那你可就大错特错了。他非但没有惊喜万分，眉开眼笑，还挥着机械手臂，大发雷霆道："你们怎么把那事情告诉了大家？他们会把这件事情告诉世界各国联盟的！我犯法的计划会被他们阻止的！我们得在他们阻止我们之前行动！"B6E 问："那我们什么时候测试和行动呢？"A5B 回答道："一分钟后测试，测试完就行动！"

不幸，B6E 还是地球上造出来的机器人，他只听到‘一分钟后测试’就马上去准备测试了。A5B 只好追着他跑到了实验室。A5B 从来没有进过实验室。那里有整排整排预备使用的新发明。有太空炸弹，太空水杯，什么都可以钻穿的太空电钻器，还有太空直升机。他一下子愣住了。B6E 第一个打破了这一片宁静，说话了：“测试成功！”A5B 急着催促道：“那你还不快跟我去行动！”B6E 嚷嚷道：“你什么时候说过呢？”A5B 大叫道：“就刚才，你没仔细听！”B6E 叫道：“好吧，好吧，好吧！”

所以，他们就走上了马路去发射台了。超音波信号发射器三分钟后就要发射了，如果三分钟后还没发射的话，它就会爆炸。A5B 和 B6E 在路上发现了许多道世界各国联盟会的专用墙，只有刀，锤和剑能把这些墙砸碎。A5B 没有带刀或剑，但是他有两把锤子。B6E 没有带锤子，但是他有刀和剑。A5B 双手持锤，B6E 则一手持刀一手持剑，两者都向专用墙走了过去。A5B 大喝一声用全身之力把锤子甩了出去，一连砸碎了好几道墙。B6E 抡起大刀，像扔手榴弹一样，把他扔了出去，也砸碎了好几道墙。他们就这样用了一分钟的时间把所有的墙都砸碎了。

只剩下两分钟了，A5B 和 B6E 跑向了发射台，然而他们还是晚来了一步……

# 第二章：太空里生活的人类

克里斯•阿姆斯特勒尔不想再打仗了。九岁的杰克•阿姆斯特勒尔，他的儿子，还在研究队伍里等着他呢！虽然他们每一场仗都打赢了，但是他们的太空战舰和战斗机已经损失一大半了，人数不过一千，整个军队伤亡惨重。军队打仗的时候还有“三个不”的规则——不吃，不喝和不睡。大家都想回地球了，可是军队领袖还想要继续打。

有一天，克里斯的部下带来了一个坏消息，极乐寺尔队伍的第一部分在特拉克丝星球上打仗时遇到了困难，他的军队被五面包围——前，后，左，右和上边都被拦截掉了。克里斯决定带领极乐寺尔队伍的第二部分和第三部分去助援。结果，极乐寺尔队伍的第一到第三部分都被敌人包围起来了。

克里斯警觉得朝四周扫了一眼，估计了一下敌军的人数，有一百万人。他又算了一下他的军队的人数，只有一万人。他想道：“我必须以少胜多，打败他们。”他想，“可是怎么打呢？”忽然，他有了主意。

克里斯命令军队组成五个正方形，当中有一个军队方形，旁边四个军队方形的角都碰着当中的军队方形的角。接下来，克里斯发了突围的信号，军队立即听令了。敌军想尽了办法来阻止他们，最后，敌人杀进了四个凹口子。

敌军却没有注意到，那四个口子三面是被堵住的，对方轻易的就可以把他们包围起来。克里斯的军队立刻就赢了。原来，克里斯的这种阵法无论从哪一面进攻，都会吃亏。进攻凹的地方的时候，因为三面已经被堵住了，所以第四面马上就会形成，敌军就被四面包围了。从角落那边进攻的话，会让尖尖的形状在敌军布下的阵里戳一个洞。从平面进攻的话，只要克里斯的军队布的阵转一个小小的弯，敌军就掉到凹形洞里去了。

克里斯带着军队返回了主力部队，可是奇怪的事情发生了……

## 第三章：镜子的威力

A5B 和 B6E 急急忙忙地跑到了发射台，可是他们还是来晚了。他们发现地球的旁边多了一层超级防御气流抵押器盾牌，他的超音波信号发不出去了。他到处打听，发现各国联盟会想要找一个其它的类太阳系，因为现在的太阳一百年后会爆炸，所以他们想为未来的居民找一个安全的类太阳系。他还打听到蓝光发射引擎，在西伯利亚推动地球的引擎。A5B 想阻止这个计划，因为如果地球换了太阳，还在太空里的人类就会找不到地球，那他们就回不来了。

然而，A5B 和 B6E 都没法去西伯利亚，因为那里实在是太冷了！会把他们身体里的电线冻起来的。

A5B 考虑道："不能阻止，只能拖延，拖延到人类回来为止，可是怎么才能让人类回来呢？我们除了超音波信号外，没有能发射到那么远的信号了，超音波信号也用不了。哦，不对，超音波信号用得了！"他跟 B6E 说了几句话，就让 B6E 走了。没过多久，B6E 又回来了。跟着他回来的还有一面极大的镜子。

这面镜子是一个 B3 号的镜子。它有一个按钮，一按，就会反射太阳光。B6E 把镜子对准太阳，按了一下按钮，太阳光照到上面，反射出了一道强烈的白光。白光渐渐地暗了下来。A5B 朝太阳光反射到的超级防御气流抵押器盾牌上看了一眼，才发现多了一个比蚂蚁还要小的洞，不过这也够音波信号穿过了。

突然，一阵急促的警报声轰然响起，把A5B 和 B6E 吓得都跳到了离地面二十米之上的天空去了。那声音震耳欲聋，越来越响。最终，一辆车子在他们的面前出现了。两个机器人从里面走了出来，他们手里都拿着枪，一步一步地走了过来。A5B 和 B6E 也拿出各自的武器——一张桌子和一把椅子。车子里走出来的那两个机器人开枪了，A5B 和B6E 用桌子和椅子一档，子弹竟然弹了回去。原来，A5B 和 B6E 拿的是超级铁桌和超级铁椅，它们还能发射子弹。当中一个倒霉的机器人被自己的子弹打穿了两个洞，还没来得及看到发生了什么就倒在了地上。另一个机器人看着同伴的身体正发呆呢，就被A5B 射的子弹打穿了。

不到一分钟后，又有一辆车子来了。A5B和B6E正准备开枪呢，但是他们定睛一看，原来是总统机器人。

总统机器人问他们："你们为什么要在超级防御气流抵押器盾牌上打一个洞呢？"

A5B回答道："对不起总统先生，我只是想让人类和我们起搬家，想通知他们一下。"

总统机器人批评道："那你有话就早点说嘛！虽然这是违法的，但是人类必须和我们一起搬家，我以前还真没想过这个。你那么着急做的话，赶紧通知我呀，我会把超级防御气流抵押器盾牌关掉的。"总统机器人接着说道："哦对！我的手机特别特殊，要打电话的时候，需要打进那个人的电脑密码才能跟他说话。你可以告诉我你的电脑密码吗？”

A5B毫不犹豫的说道：“OK，是19283SUHWIU87986##。”

总统先生又说道：“光急着跟你说这些了，差点忘了罪犯的事情了。那两个你打倒的是我们在全地球搜查想找到的两名罪犯。你们运气可真好啊！马上就打到了他们的电话。厉害！厉害！”

“君子和而不同，小人同而不和。”他嘴边是这么说的，可是他心里却不是那么想的。他其实就是全国在找的大罪犯——C7F！！

## 第四章：一秒钟可以走 98979389 里的路

克里斯的一天已经奇怪透了。第一，他打胜仗回主力部队的时候，发现主力部队不见了。第二，他用超级望远镜的时候，看到了地球，可是他的旁边有一层超级防御气流抵押器。第三，他在超级防御气流抵押器上面看到了一个小小的洞，超级防御气流抵押器特别坚硬，不可能被刺破。第四，刚发现这些，一个警报器响了。第五，警报器说有神秘信号发了过来，说要立即回地球。

克里斯抓住了几个从主力部队里掉队出来的士兵的衣领，问道："主力部队为什么走了呢？"他们回答道："主力部队以为你打败仗了，就带着军队去打下一个星球去了，不管你了。"克里斯的身体颤抖着，他继续问道：“那你们知道那个紧急信号是怎么回事吗？”那几个士兵把头摇得像拨浪鼓似的，回答道：“不知道！不知道！”

克里斯放下了士兵们。他决定先去找主力部队，再立即回地球。他命令他的部队用飞天信号——一个能定下某一个军队的地点，位置，还能画下路线的信号，来找到主力部队。信号发出去了，地点位置也出现了，可是最短的路线没有被画下来。克里斯只能走直线。他在他的 AppleAI 电脑上查了一下走直线会碰到的星球，定睛一看，哇！把他吓得从椅子上跳了起来。要经过的星球有 10497 个，他绝对是走不了这条路了。

他瘫坐在椅子上，拿起 Nintendo Switch 开始玩起他最新的一个游戏——路易吉洋馆 3。玩着玩着，就睡着了。

一名战斗机队长的声音把他吵醒了。队长走了过来，说道：“我们在附近发现了一个虫洞，虫洞是通往布鲁吉亚斯特阿乐儿星球的。主力部队也在那里！”

## 第五章：阁楼的书

“总统机器人”走后，A5B 回到了他的实验室，打开电脑，输入密码一看，上面提示“密码输入错误！请再试一次！”A5B 大惊失色道：“我的电脑的信息被人偷掉了！”可是他转念一想，又说道：“还好，还好，我的电脑里全是游戏，没有重要的东西。可是谁会想偷我的游戏呢？”A5B 找不到答案，只好把这个问题抛到脑后去了。

几分钟后，B6E 来了，他说门外的电线被人切断了。A5B 垂头丧气地坐到了沙发上，含糊道：“现在电线被切断了，我就工作不了了！也就没事情做了…”

B6E 忽然提议道："你可以去阁楼上做一点事情，因为那里有超级无线网络，有了超级无线网络就可以上网了。"

A5B 感叹道："我怎么没想到呢！"

过了三分钟，他走上了阁楼的楼梯。楼梯发出了"咯吱咯吱"的声音，老鼠和蜘蛛在天花板上和地上爬来爬去。A5B 颤抖着说道："我—我—我不应该听 B6E 的，这—这—这里太—太—太吓人了……"不过，A5B 回不去了，因为回去就太丢人了。他只能壮着胆子向上走。

刚走到顶，一个声音把他吓了一大跳，那个声音说道："我已在此等候你多时了。"A5B 抬头一看，原来是一本书，那本书的封面上写着两个大字"神谕"。他知道神谕是古代告知未来的一样物品。那样物品会跟着时代的变化改变形状，移动它所在的位置。今天，他变成了一本书，定位定在了他的阁楼里。

神谕接着说道：

“你三十三岁那年，
会吃一点盐。
那盐一点也不咸，
反倒是有一点甜。

那盐长着翅膀，
能带你飞上天。
那盐带着电钻器，
能带你下地。

总知，那盐是你的左膀右臂，

有翅膀和电钻器，

能带你上天入地，

但不要把它看成一个游戏。”

A5B 瘫坐在地上，想道，我未来的命运会怎么样呢？那盐又是什么呢？这能意味着什么呢？……

## 第六章：布鲁吉亚斯特阿乐儿星球的奥秘

*三十二个小时。*

这就是世界上最快的军队穿过虫洞用的时间。穿越时空后的第一秒钟是一片宁静，第二秒钟军队的士兵们就炸开了锅。

“我们前面是什么呀？”

“对呀，而且怎么那么蓝呀？”

“明明说我们会出现在布鲁吉亚斯特阿乐儿星球，怎么会出现在这里？”

“这会不会是一个蓝色的超烫太阳啊？”

一个喇叭里传出来的声音让大家安静了下来。

“前面就是布鲁吉亚斯特阿乐儿星球。因为哪里经常下雨，所以大部分的地方都是水。这个星球也有陆地，可是在它的背面。”

克里斯说道：“根据我们的仪器，主力部队也在那里。我们得尽快飞过去，赶上他们。”

这时，一个探子飞奔而来，喊道：“禀报将军，宇宙里又有一股新的力量出来了，叫乐克萨斯力量，而且那股力量的领导还派了奸细到我们的军中来！”

克里斯只觉得身体里的血都往头上涌了过来。他叫道：“哎呀，不好，有奸细！全军以一万了斯比速度前进，朝布鲁吉亚斯特阿乐儿星飞！去找主力部队谈一谈，说一下这件事！”

三分钟后，军队穿过了布鲁吉亚斯特阿乐儿的大气层笔直冲进了大海洋。克里斯一看就大发雷霆道：“我们什么时候冲进大海的？嗯？我叫你们朝这个星球前进，没有叫你们进入这个星球。唉，算了吧，进去就进去了，我们直接从里面穿过去吧！全军转成电钻器和潜水艇模式！”

每一架战斗机的翅膀缩了回去，尾巴上伸出了好几个螺旋桨，头上也多出了一个旋转的尖顶，朝前开了过去。

差不多快到另一端的时候，陆地出现了。克里斯的军队直接从下面用电钻器模式，把地戳穿了好几个洞。

克里斯想到：“原来布鲁吉亚斯特阿乐儿星球是可以从一边穿到另一边啊！”

到了另一边，克里斯看到的第一个东西就是主力部队的飞船。可是每一个飞船的下面都在喷火，……似乎是想要走。克里斯赶忙叫部队跟上他，飞速朝主力部队飞去。他又叫人把合并器拿来。合并器可以用绳子把好几个军队或星球连在一起。克里斯拿起合并器，对准了他的军队和主力部队，一按按钮合并器发出了一个声音。

*三秒钟合并两个军队或星球*

克里斯踩着战斗机油门……

***两秒钟合并两个军队或星球***

克里斯按下了加速键……

***一秒钟合并三个军队或星球***

克里斯喊道："什么？第三个军队或星球？"

"第三个军队或星球在哪里？"

他又喊了一下：“第三个军队或星球在哪里!?!”

克里斯再次吼道：“***第三个军队或星球到底在哪里？***”

他朝身后一看，看到了布鲁吉亚斯特阿乐儿星球：“啊—哦。”……

# 第七章：八翼机

十个月了，人类一直没有回来。

这些时间里，A5B 就一直乘着飞机到世界各地去参观，东看看，西看看。今天，他到了英国，在英国战斗机工厂里看到了一些奇形怪状的飞机。八翼机，有八个翅膀的战斗机，就是其中的一个。

A5B 急急忙忙地跑到了战斗机工厂的领导那里去，说道："我可以买几架八翼机吗？"

领导回答道："可以呀。只要你有这笔钱，就可以买。"领导刚说完，A5B 就在心里感觉到了一股邪恶的力量，由远到近，近得快要碰到他的时候又返回了远方。他每到一个国家，就会又经历一次这样的感觉。

A5B 深吸了一口气，悄悄地问道：“我要买五百架，你们有那么多吗？”

领导惊讶地说道：“你要那么多架？我们的确有那么多，可是你付得起吗？”

“我要那么多架，我也付的起。要多少钱啊？”

“每一架要两亿英镑，让我算一下……”领导按着他手里拿的算账器算了一会儿，说道：“你要五百架吧，那么就要付一千亿。”

“好，那么这笔钱就给你了。”说着，A5B 从他带着的随身包里掏出了一张银行卡，在领导的算账机器的缺口处把卡插了进去，三秒钟后又拔了出来，又说道：“你的银行账户里会多出一千亿英镑，一定要好好的利用这笔钱哦！”说完，A5B 开着领导给他的载着五百架八翼机的超级马路火车走了。

带着八翼机回到了自己的工厂后，A5B 把工厂里的每一名工匠都聚集了起来。人全到齐了后，A5B 对大家说道：“十个月前，我在我住的屋子的阁楼上遇到了神谕，他告知了我的未来。最近我一直感觉到一股邪恶的力量朝我们逼近。因为那股力量在朝我们逼近，所以我下定决心，给你们一些八翼机。”话音刚落，五百架八翼机从天而降，落在了众人面前。

A5B 命令道：“三人一组，每组一架八

翼机！”工匠们立刻聚集成了三人一组的队伍，朝他们选中的一架八翼机走去。A5B 朝一名找不到队伍的工匠指了一指，说道：“你叫什么？”

那名工匠说道：“我叫 D8EISI#JSHOD，简称 D8E。”

A5B 说道：“好，你就跟我和 B6E 坐一架八翼机。”

D8E 说道：“谢谢 A5B 领导！”

A5B 问道：“你会什么？”

D8E 回答道：“我什么都会。”

“那就好。我们出发吧！”

“啊？出发？出发到哪里？”

“嘿！我这跟你解释不清楚。我不管到哪里，我也不知道要到哪里，只要向着太空出发就行！”

“哎呀，不行呀！A5B 领导，不——”

***轰隆隆隆***

“出发喽！”五百架八翼机飞向了天空。三秒钟后，天上只剩下了五百个白点……

## 第八章：热水的功能

我现在就可以告诉你，带着一个星球在太空里飞行可不是那么好玩的。克里斯驾驶着飞船，带着布鲁吉亚斯特阿乐儿星球从太空中穿了过去。

这时候，克里斯和其他的将领们正坐在客厅的白椅子上讨论问题。

一名将领说道："我们放开那个星球吧，不要在拖着了。按一下你的合并器的按钮，把绳子收回来吧！"

另一名反对他的将领说道："收回来的话，我们会把主力部对丢掉的！"

"那么就把连着布鲁吉亚斯特阿乐儿星球的绳子切断，不就好了吗？这样就不会丢掉主力部队了！"

“不行，不行，不行！你都不知道啊，现在的太空天气特别冷。合并器的绳子都接了三层冰，切不断啊！”

“那也得把它收回来呀。我们的军队里已经有十二架战斗机被布鲁吉亚斯特阿乐儿的重量扯—”

“哪又怎么样？”

将领们七嘴八舌，吵来吵去。最终，克里斯吼道：“够了！今天的会议就此结束！”

克里斯说完就站起身子走出了大门。回到他自己房间的路上，他踩到了什么东西摔了一跤，脚也不知道为什么被烫伤了。克里斯朝他踩到的东西一看，原来是士兵洒的一摊烫水。克里斯灵机一动，想到了一条可以切断连着布鲁吉亚斯特阿乐儿星球的绳子的妙计。

“哗啦哗啦哗啦……”

一群士兵正忙着把热水倒到冰冻的连着布鲁吉亚斯特阿乐儿星球的绳子上。克里斯站在旁边指挥着那群士兵。不一会儿，绳子就软得可以用手折断。这时候一名士兵拿出了一把刀，朝绳子砍了过去，一分为二。原来，克里斯想到的妙计就是用热水把绳子上的冰化掉，然后用刀把绳子切断。

一个小时后，克里斯在驾驶舱里说道：“我们军队战斗机的汽油不足了，必须拖着主力部队降落到离我们最近的星球上。离我们最近的星球是什么星球？”

“是绿草星球。”

“那就好。全军朝绿草星球前进，去那里采油！”

乐克萨斯力量的空间：“哈哈哈哈！想的美！”

## 第九章："黄门宴"

A5B 在八翼机里和 D8E 解释了半天，也没能让他听懂。可是 B6E 一句话就把他说服了。

"我出来的原因就是想要把人类带回地球。"

"为什么呢？"

"因为这样我们才能带着他们一起到一个新的太阳环绕。"

"为什么要找一个新的太阳环绕，还有为什么要带着他们一起去呢？"

"因为—"

这时候，B6E 打断了 A5B 的话。果断的说道："因为是总统先生的命令。" D8E 这下才安静了下来。

A5B 说道：“你听说过五十世纪的齐天大圣吗？”

“知道！”

“你当然知道喽！大家都知道他。我很想见见他。”

三分钟后，一个工人的声音从麦克风里传了过来：“我们即将抵达平原星球。我们正好可以去看一看那里。哦，对了，他们说的语言是拉斯拉克语。”

A5B 惊讶地说道：“啊！是拉斯拉克语？我不会说这种语言”

B6E 赞同道：“我也不会！”

D8E 却说：“哈哈！不用着急，我会。我可以当翻译！”

A5B惊奇得说道：“你会说拉斯拉克语？我怎么不知道。哦对！你说过你什么都会，肯定会说这种语言嘛！”

三分钟后，队伍到达了平原星球。A5B听说过平原星球的美。漫山遍野都是红色的花，绿色的草，棕色的树和蓝色的鸟。站在那里就会心花怒放。可是他看到的是一个暴风星球。天上乌云密布，地下草都变黄了。A5B带着D8E和B6E走下了八翼机，朝周围看了一看，看到了一个人。

那人说道：“Υοθ μθστ ηαωε ψομε φρομ ανοτηερ πλανετ.”

D8E翻译道：“你是从一个其它的星球来的吧。”

A5B说道：“是的。”

D8E 对那人说道："Υ ε σ."

那人说："Ο κ， υ ο θ ψ α ν ψ ο μ ε τ ο ο θ ρ κ ι ν γ. Η ε σ π ε α κ σ ψ η ι ν ε σ ε."

D8E 对 A5B 说道："他说，那好，你可以见我们的国王，他会说中文。"

这皇帝嘛也不怎么样。一跷二郎腿，再往椅子上一靠，第一句话就说道："我可以买下你的那几架八翼机吗？"

"不可以！我们需要乘着八翼机到其它地方的。如果被你买掉的话，我们就走不了了。"

"什么！？不可以买？那好吧。对了，今天的天气是很难得的。要不你们今天晚上在这里跟我们吃一次饭欣赏一下这场暴风雨，好吗？"

“好啊！”

到了晚上，A5B 和 D8E 来到了餐馆和平原国王一起说说话吃吃饭。到了餐馆的门口的时候，看到了一扇大大的黄色的门。走进大门，就见到了平原国王。

和平原国王说得兴起的时候，餐馆的窗外露出了一个士兵的头。餐馆里只有 D8E 发现了这个细节。

D8E 叫道：“不好，有埋伏！快逃！”可是太晚了，士兵从屋外涌入了屋内，开始朝 A5B 和 D8E 开枪。

在屋外的海滩上的 B6E 也遭遇了袭击。他跳上了预先准备好的船只，开向了大海。船很快，就离岸边很远了。B6E 突然想到，A5B 还在餐馆里，不能把他留下来。

B6E命令道："全军返航！"B6E的军舰转了个一百八十度的弯，掉头回去了。

到回去的路上的一半，海面上出现了五十个小点。B6E说道："那些肯定是一些鲸鱼！不要去管它们。"

然而迎印面而来的却不是鲸鱼，而是铁甲装备战舰！

餐馆内，一名平原士兵把他的枪对准了D8E的头。

A5B喊道："D8E小心！"

幸好D8E敏捷地用了他的"筋斗云"功夫翻身一跃，躲过了那一枪。他接着又朝平原星球的士兵一阵痛打，最后，落到了桌子上。接着他的一个猴王姿势，把大殿内所有的人震得目瞪口呆。不错，这位正是人人皆知的五十世纪名扬天下的齐天大圣！

D8E 后面就像一阵风似的把殿内的士兵和将领个个儿都打得服服帖帖的，他连国王也打过。

殿内乱作一团时，殿外也不相上下。外边天上已经不只是乌云密布了，而是下着倾盆大雨。那可是狂风暴雨，电闪雷鸣，又是天寒地冻，滴水成冰。海上大风大浪，波涛汹涌，天翻地覆，海沸江翻。正所谓乱石穿空，惊涛拍岸，卷起千堆雪。

这种稀奇古怪的天气，平原士兵可不太适应。在绿海打仗的平原小船上，士兵呕吐的呕吐晕船的晕船。在这种情况下，B6E 带的部队像切西瓜似的，销铁如泥，再加上这

3.8 米的海浪，平原军队就可以算是要全军覆没了。不超过一分钟，敌军已经被剿灭了。

三分钟后，A5B 说道：“刚才那下可以算是一次‘黄门宴’！”

## 第十章：太空里诞生的巨人

绿草星球……绿草星球……，克里斯可是太喜欢这个地方了！太阳暖洋洋的，草原绿绿的，天空蓝蓝的，大海平平静静的。

克里斯对他的护卫说道：“你们下去吧，有重要的事情就过来。”

克里斯突然想到了他在地球上的后园也是这样，那么舒坦，那么安静。过了一会儿，一名士兵跑了过来，说道：“禀报大将军，主力部队首领——乔治想见你！”

克里斯从“睡梦”里被惊醒了。他说道：“哦！我差点忘了，主力部队被我拖到了这个星球上！告诉乔治，我马上就到。”

三分钟后，克里斯来到了乔治的面前。乔治说道：“很抱歉，我们的飞船仪器坏掉了，所以没有发现那根连着我们的绳子，请原谅。”

克里斯笑着说：“没关系！没关系！幸运的是我还是赶上了你们。但是有一件事我要跟你说一声。我的部队里有奸细！”

“啊？有奸细？是谁让他过来的？”

“不确定，但是我觉得可能是乐克萨斯力量的首领。”

“那我们怎么办？去攻击乐克萨斯力量的首领？”

“对！”

这时，一名士兵来报：“报！太空里有不明物体朝我们逼近。”

乔治说道：“不明的物体？我们怎么办？”

“咱们去太空看一眼。”

“好！全军上飞船，飞向太空！”

到了太空，他们看到了一个庞大的圆球，克里斯一看发现了三个大字——摧毁机。他喊道：“不好，这一定是乐克萨斯力量的军队做的一个新武器！”话音刚落，一根长长的杆子从球的外表上伸了出来。圆球的表面上接着露出了四个洞。六道红光从每一个洞的旁边射了出来。那六道光在每一个洞的中心合并了起来，射出了一道更强的红光。四个洞射出的强光，聚集到了杆子的最顶端。与此同时，支撑杆子的四条柱子射出了四道蓝光，也聚集到了杆子的最顶端。八道强光四红，四蓝，合并成一。一道紫光从杆子的最顶端以光速击中了绿草星球，顿时，红光，蓝光，黄光和白光从那星球内炸了出来，这一击把绿草星球彻底轰成了太空灰尘。

克里斯喊道：“我是特别喜欢这个星球的！你们把我爱的星球炸了，我要找你们算账！”

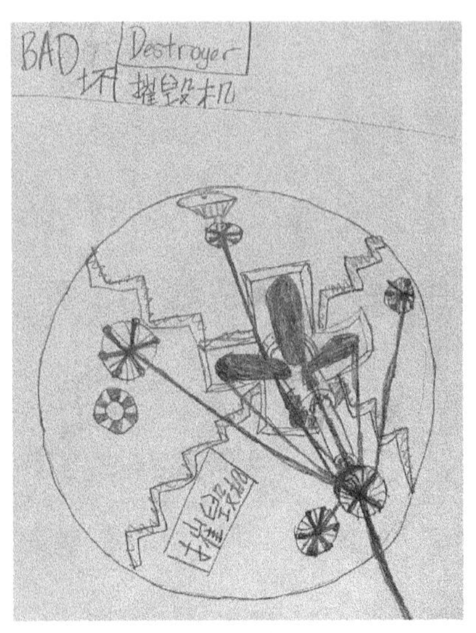

## 第十一章：山之国的星球

在飞船上，B6E 对 A5B 和 D8E 说道：“你们听说过乐克萨斯力量吗？”

A5B 回答道：“当然啦！大家都知道。他们制造了很多战斗机，想把整个宇宙都打下来。”

D8E 说道：“希望我们这次不要碰到他们。要是真的碰到了，那么我们就要把它打败！”

A5B 说道：“好了好了，我们别说这些了。听说人类在绿草星球附近的地方。我们到前面去把飞船飞到移动星球去吧。他离绿草星球最近。”

A5B 带领着他的八翼机军队到了绿草星球附近的地区绕来绕去，最后停在了移动星球的太空环绕轨道上。这条轨道每过 3 光年就会出现一个太空飞船站。A5B 的队伍就停在了 7 号太空飞船站里面。

刚走进 7 号太空飞船站，就遇到了一位飞船站服务员机器人。它说道："请问，你们是来研究移动星球的月亮的？还是来这里歇息一下的？"

A5B 想道：要是说出我们是来找人类的话可能会暴露我们飞来飞去的原因。要是告诉它，这消息马上就会传到乐克萨斯力量那里去的。那我就说我们是来研究月亮的。可是为什么只能研究月亮呢？我去问问再说。A5B 回答道："我们是来研究月亮的，可是为什么不可以研究移动星球呢？"

服务员回答道："这得问你们的导游先生了。"它又马上叫道："导游先生！"

太空飞船站里传来了一个声音："来啦！"不久后，一个穿着红色马甲的机器人来了。他说道："我叫 ROU。你们可以叫我 RU。我是你们的导游。刚才听你们问'为什么不可以研究移动星球，那是因为移动星球是一个气体星球，着陆不了。要是乘着飞船进去的话，你的飞船就会被暴风扯成碎片。"

A5B 感叹道："原来是这样啊！"

RU 又说道："移动星球有 7 个月亮。山星球、水星球、石星球、火星球、金星球、银星球和铜星球。其实他们都可以算是星球，因为他们也有自己的月亮。不过他们的月亮只有一个小石头的大小。今天你们要去的是山星球。快，你们上你们的飞船，把这些小对讲机装上去就可以在飞船里跟我说话了。你们等一会儿就会看到一架蓝色的运输飞船起飞。我就在那飞船里面，跟着我就可以达到目的地。”A5B 和他的队伍都上了各自的飞船。不久后一艘蓝色的运输飞船起飞了。A5B 和他的队伍也跟了上去。不一会

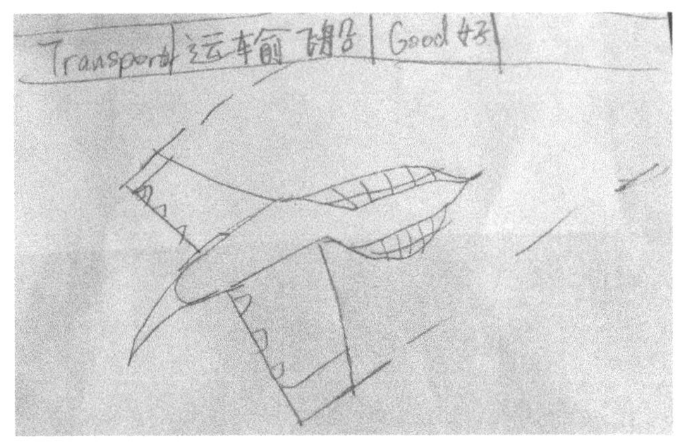


儿，他们来到了一个星球。

RU 说道：“这就是山星球，我们马上就要在山星球上飞行，一直飞到我们在这里造的基地为止。”RU 说完就朝着山星球的表面飞了过去，A5B 和他的部队也跟了上去。

到了山星球的表面时，A5B 的八翼机差一点撞上了一座山。他说道：“这些真像拔地而起的山呀！而且，这些山里面怎么飞啊？”

RU 回答道：“从两座山的缝里穿过去。”

A5B 说道：“好！”

他们飞着飞着，飞到了一个峡谷里，峡谷的顶上突然出现了好几架 LIS 战斗机。大家都知道 LIS 是乐克萨斯力量用的飞船。

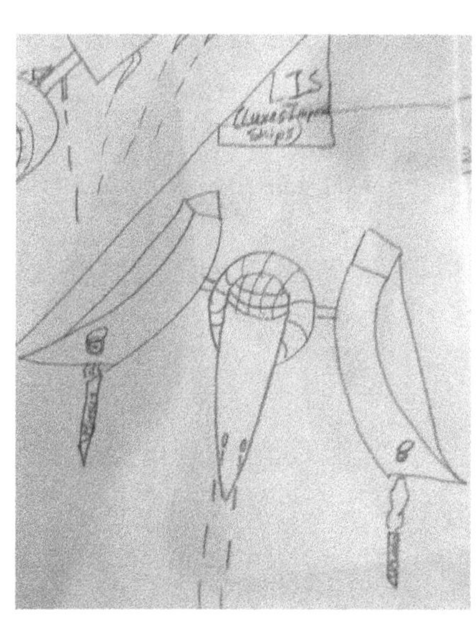


RU 说道：“这里是山之国的地盘，他们为什么会派飞船来袭击我们？而且

山之国怎么会有 LIS 飞船呢？哦！我知道了！乐克萨斯力量已经占领了山之国。”

A5B 说道：“别说这些了！快来帮忙打掉这些 LIS 战斗机呀！”

RU 喊道：“可是他们怎么也打不掉呀！”

正在帮 A5B 射子弹的 D8E 说道：“前面有一个山洞！”

A5B 说道：“啊！我有办法了！快跟着我进这个山洞！”说着，他把八翼机飞进了山洞，RU 和他的队伍也跟着飞了进来。LIS 战斗机看到对方躲到山洞里去了，也就跟着飞了进去。他们没想到的是，LIS 飞船太大啦！飞不进山洞。LIS 飞船们纷纷撞上了山洞的两旁，爆炸了。

A5B感叹道："刚才真是太险啦！现在我们可以走了。"

# 第十二章：塔曼四号的事故

克里斯气愤极了。他拿出了八把专用的狙击枪，安装到了八翼机的每一个翅膀上，又连按了六六三十六个按钮，每按一次狙击枪就发射一个发蓝色光芒的碟片。据说这些碟片一碰到一样物品就会把它炸的粉碎。可是这些蓝色的碟片碰到摧毁机却一点用处也没有。

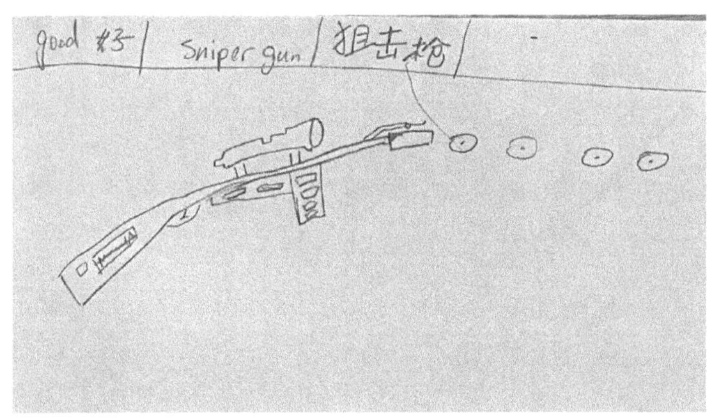

克里斯的一个手下，马丁，对克里斯建议道："我们现在没有计划就行动，没有准备就进攻，肯定是会打败的。不如我们先退到最近的星球——移动星球上再说。"

克里斯说道："那好吧，但是不能退到移动星球上，得退到移动星球的太空环绕轨道上，再停在一个太空飞船站里，因为移动星球是一个气体星球，没法着陆。"

马丁问道："那我们停在那一号的太空飞船站呢？"

克里斯回答道："我们停在十二号太空飞船站里吧。"

过了一会儿，克里斯的军队和主力部队来到了十二号太空飞船站。一位服务员机器人走了过来，说道："你好，你们看起来是来研究山星球、水星球、石星球、火星球、金星球、银星球和铜星球的吧。”

马丁想到：那些不都是移动星球的月亮吗？研究月亮？OK，好啊！正好可以来找一个造秘密基地的地方。

马丁悄悄地对克里斯说道：“咱们说‘是’吧。反正我们还需要找一个造秘密基地的地方。”

克里斯听从了马丁的意见说道：“对，我们是来研究山、水、石、火、金、银和铜星球的。而且，我们可以从铜星球开始，倒着来研究吗？”

服务员说道：“当然可以。等一会儿你们会看到一架紫色的运输机起飞。你们跟着那架运输机就行了。哦，对了，把这些对讲机装到你们的飞船里面，就可以听道运输机驾驶员的声音了。”

不一会儿，克里斯的军队和主力部队都起飞了。他们跟着紫色的运输机走了一会儿。突然，对讲机里传来了一个声音：“我叫 X7U，是一个机器人。你是不是叫克里斯，是人类？”

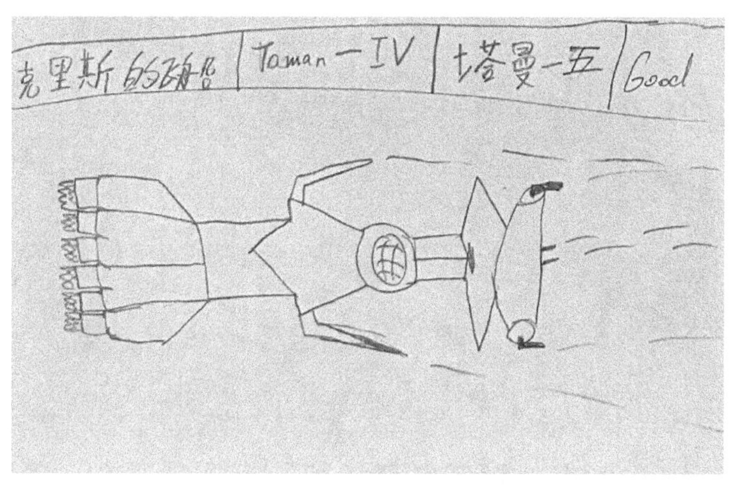


克里斯回答道：“是。”

X7U 又问道：“你是不是在塔曼四号飞船里面？”

克里斯的回答还是一样的：“是。”

X7U说道：“那好，我今天要给你们介绍一下铜星球。铜星球全部是铜拼起来的。铜星球的表面上有空气，到了我们的基地，你们就可以下飞船，看一看四周。”

过了一会儿，克里斯的军队和主力部队到了基地。

克里斯说：“听X7U说，这里有空气。我在飞船里呆的时间太长了，想出去透一口新鲜空气。”

克里斯带着马丁走出了塔曼四号，第一眼看到的就是一片铜质的土地，铜山，铜冰，铜雪，外面什么都是铜。

突然，***轰隆隆隆***！克里斯和马丁转过了头，一看，塔曼四号竟然爆炸了！一名狼狈的士兵从塔曼四号里跑了出来，喊道：“我们军队中的奸细把飞船炸掉了！”

马丁急忙问：“奸细呢？”

那名士兵回答道：“他把自己也炸死了。”

克里斯说道：“好险啊！好险啊！幸好我想要出来透一口气，否则我也会被炸死！塔曼四号是修复不了了。从今天起，我就要开始乘塔曼五号了！”

## 第十三章：胜利会师

A5B 和他的队伍已经“研究”了三个星球。可是他们还是没有找到人类。今天，A5B 和他的队伍要去火星球了！

A5B 对 B6E 说道：“我好担心啊！今天要去的可是火星球啊！上面肯定都是火！我们机器人身上的铁会不会化掉啊？不化掉的话，我们身体里的电路也会爆炸！”

B6E 说道：“不用担心！在这里工作的工作人员肯定想过这个问题。你看……”，B6E 把手指向了几个刚从火星球上回来的机器人，“……他们都没有事情，我们怎么可能出事呢？”

A5B 说道：“你说得很有道理。我现在就不用担心啦！”

过了一会儿，A5B 和他的队伍在导游 RU 的带领下，抵达了火星球上的基地。

RU 对大家说道：“你们把这些小防护器安装在每一架飞船上，再按下你们的防护罩按钮，就不用怕这里的火了。你们每人再带上这个神奇手表，就可以安全地走出飞船了。”说着，他拿出了一大堆手表和防护器，一个个发给了大家。

突然，基地的上方出现了一架飞船，上面也有防护器，一看就知道飞船里的人也是来研究火星球的。这时，A5B 意外得惊叫道：“这是一架塔曼飞船！是一架塔曼飞船啊！”

B6E 也跟着叫了起来：“是塔曼飞船？啊！塔曼飞船是地球上制造的飞船！里面应

该就是人类！我们赶紧过去和他们谈一谈！”

一直在旁边沉默不语的D8E说道：“我毛遂自荐，请你把我也带上吧。”

A5B说道：“好啊！”

就这样，他们走到了那家飞船的门前。D8E想用手敲几下门，可是门自动打开了。一个穿着军衣的人走了出来。

那人说道：“你好，我叫克里斯，是人类军队的一个将军。你们是谁？”

A5B等人各自介绍了自己。

A5B说道：“我们是地球上的机器人，到太空里就是为了找你们的。那紧急信号是我发的。”

克里斯说道：“对不起，我们现在回不了地球。我们在打乐克萨斯力量。”

A5B说道："那我们可以帮你们。"

克里斯说道："好！可是……乐克萨斯力量不是那么好对付的。他们新出了一个武器，叫摧毁机，一炮就可以摧毁一个星球。绿草星球就被摧毁机摧毁了。而且，乐克萨斯力量已经攻打过来了！我的部下说，他们有一千万人马呢！"

D8E说道："我觉得呢，一千万人马是了乐克萨斯力量造谣造出来的，他们就是在虚张声势。可是他们必定是有备而来的，至少有三四百万人马。要不这样，我们使一次调虎离山之计……"D8E悄悄地对大家说出了他的计策。

克里斯说道："好！说得好！那我们就行动吧！"

## 第十四章：调虎离山之计

***轰隆隆隆***

B6E 带各种各样的战斗机，冲向了乐克萨斯力量的军队。

***轰隆隆隆***

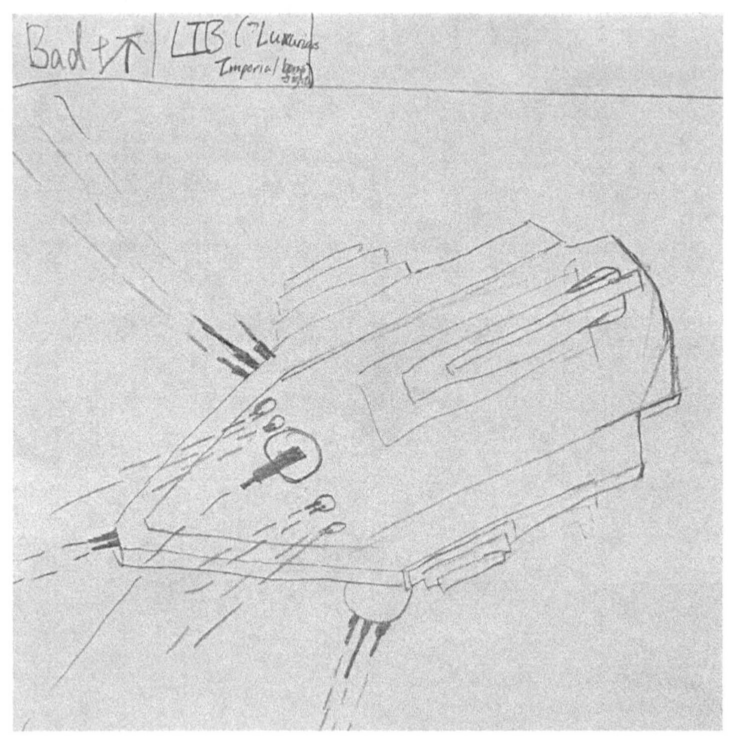

敌军的一架 LIB 飞船带领着敌军的主力部队朝 B6E 发起了进攻。B6E 假装败退，带着军队向后撤退。敌军一看，对方害怕了！那咱们乘胜追击呀！乐克萨斯力量的军队追击着 B6E 的军队，来到了一块大陨石面前。

B6E 一见到陨石就带着他的人马钻进了一个陨石隧道。LIB 飞船带着乐克萨斯力量的军队进入了隧道的另一端，想从另一端把 B6E 的军队打得措手不及。可是他却万万没有想到，隧道里还又分岔路。结果，B6E 的军队竟然出现在了乐克萨斯力量军队的后面。

B6E 带着军队朝乐克萨斯力量的得军队发射起子弹。炸毁了上千艘飞船后，敌人才反应了过来，。敌人个个都气愤极了。他们不顾一切地的冲向了 B6E 的军队。B6E 调转方向朝隧道的出口飞去。

过了一会儿，他们来到了城堡星球。B6E 飞向了一个迷宫隧道。大家都飞进隧道后，B6E 和他的军队以光速飞出了隧道。。早已以准备好的超级金刚门一下子封住了四个隧道出口当中的两个出口。LIB 飞船里的人一看，敌军飞得的无影无踪，四个出口中的两个也被封住了，那么咱们肯定是中计终极啦！快从另外两个出口里逃走啊！乐克萨斯力量的军队急忙向另外两个出口飞去，不料，B6E 的军队早有准备，从另外两个出口里冲了进来。

B6E 的军队两面夹击，敌人惊慌失措，乐克萨斯力量的军队很快就被击败了。

于此同时，A5B，克里斯和马丁一看到敌人的主力部队走了，就带着军队冲了上去。他们将剩下来的敌军四面包围，围得水泄不通。敌人连滚带爬地的想逃走，可是往哪里逃呢？敌军被打得的落花流水，一败涂地。

敌军被剿灭后，A5B说道："他们中了我们的调虎离山之计后，真是不堪一击啊！"

B6E说道："大功告成，耶！"

克里斯说道："要不我们直接攻到乐克萨斯力量的老巢。"

马丁说道："好！"

乐克萨斯力量的空间：

“哼，不知天高地厚的小子，竟敢攻打我！哼，等会儿有你好受的！”

## 第十五章：势如破竹

各种各样的飞船飞到乐克萨斯力量中心路上的第一个关卡——云朵星球。云朵星球里的乐克萨斯军队一看到那些飞船，就跳到了他们的飞船里，来应战了。在那些攻打云朵星球的飞船里的 B6E 做稳了身子，想着刚来的时候和 A5B 商量的计划。

乐克萨斯军队攻过来了，B6E 也攻了过去。双方很快就打起了激烈的战斗。B6E 假装打败，向离他最近的太空隧道退去。乐克萨斯军队也不怠慢，朝 B6E 的军队疾驰而去。B6E 的军队进入了太空隧道，每一架飞船都留下了一团熊熊燃烧的烈火。乐克萨斯军队一看到隧道里的火海，就想停住飞船，可是，飞船飞得那么快，特别难停下来。乐克萨斯军队的整个前锋部队，全军覆没。

接下来，B6E 带领着他的军队飞向了一个太空轨道。乐克萨斯军队也跟了上来。B6E 为了不让乐克萨斯军队追上他们，就把飞船的速度提高到了第五宇宙速度。敌人不肯被甩在后面，也把他们飞船的速度提到了第五宇宙速度。突然，B6E 的军队停下来了。乐克萨斯军队没有来得及急刹车，结果飞到了 B6E 军队的前面。

B6E 的军队来了一阵猛射击，把乐克萨斯军队打得七零八落。很快，那些敌人也被消灭了！

## 第十六章：激光眼睛（上）

克里斯，马丁，A5B，B6E 和 D8E 带领着他们的军队朝着到乐克萨斯力量中心的第二和第三个关卡——激光眼睛一和二。

克里斯在他的飞船里说道："这些激光眼睛一听就让人毛骨悚然，闻风丧胆！"

A5B 说道："那些激光眼睛虽然听起来很厉害，可是总该有一个爆破点。" A5B 刚说完，飞船就强烈的震动了起来。他站起身子，向外望去，看到他们旁边的一艘运输机不见了。

坐在一旁的马丁紧张的说道："那艘运输机是不是没有油了，落到了后面呢？"

B6E 说道："不太可能吧！我们刚刚加完油，怎么可能用得那么快呢？"

A5B 突然说道："快看！快看前面！"众人都把目光放到了飞船的前面。一道红光正朝着他们的飞船疾驰而来！克里斯命令道："快转弯，避开那道红光！"

飞船突然来了一个急转弯，飞船里的人都摔了一个狗啃泥。

***轰隆隆隆***

飞船又震动了几下。他们被击中了吗？没有，是他们后面的飞船被击中了。A5B 望向了前方，他今生今世见到的所有的武器都没有他现在看到的来得大。那个武器圆圆的，在圆形的中间，有着一个亮点，那亮点发出了一条一条的激光线，炸毁了一艘艘的飞船。

克里斯和 A5B 气愤得命令道："军队队长们，兵分两路，进攻激光眼睛！"

# 第十七章：激光眼睛（中）

第一路军队的主将领是 B6E。他对众人说道：“你们看，我们要打的是激光眼睛一！那个激光眼睛肯定有一个中心能量聚集

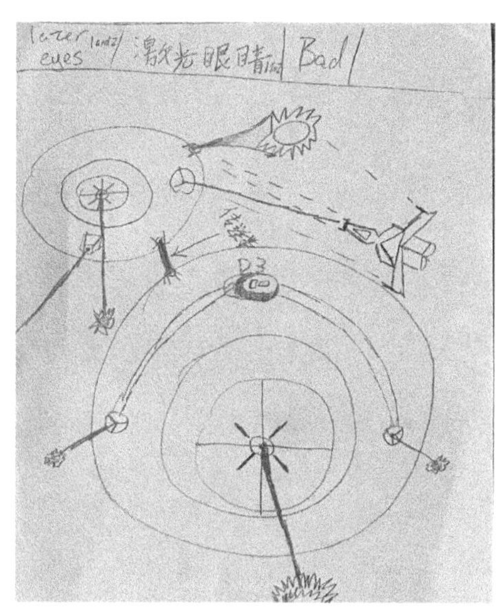


地。看，那个编号 D3 的梯形建筑，就应该是了！我们只要把它炸毁，那么整个激光眼睛就会爆炸！全军，朝 D3 建筑进发！”

到了 D3 建筑后，B6E 惊奇地想道：“天啊，他们竟然在 D3 建筑的上面盖了一层

防护罩！而且防护罩的口子怎么那么小！唉，看来只能让我一个人下去，从这口子里钻进去，再在 D3 上放一些定时炸弹啦！”刚想完，就听到了一声爆炸的声音。原来 D3 建筑的旁边还有许多枪和炮！突然，整个地面开始剧烈地震动起来，D3 建筑一感应到地面震动，就飞快地移动了位置。

B6E 想：“D3 还能感应到子弹撞击星球的震动波纹？那么我想跳入那个小口子更难了。”想到了这里，他喊道：“全军以最快的速度把一旁的大炮炸毁，我要从飞船里跳到 D3 建筑的里面去啦！”

B6E 在脑海里想道：“对准防护罩的入口准备跳跃！三，二，一，跳！”刚想到“跳”字，他就一个筋斗，从飞船里跳了出去。忽然，地面震动了起来，D3 飞快地移动了位置。B6E 暗叫不好，赶紧把降落伞打了开来，可是激光眼睛一没有大气层，降落伞打开了也没有用。一秒钟后，B6E 摔倒在地上。他用全身的力气爬到了移动到一旁的 D3 防护罩上，跳进了防护罩中。

B6E 用他最后的一点力气，在空中将炸弹抛了出去，只见炸弹落在了地上，轰隆一声，炸弹火星四溅，将 D3 建筑炸成了粉末。B6E 的脚碰到了地面，只觉得脚腕上，一股强烈的冲击力朝着他的脑袋涌了上来。他努力地从地面上站了起来，可是两只腿的疼痛让他觉得天旋地转，天崩地裂，眼前的一切也都变得模糊了。B6E 晕倒在了那片燃烧的火海中。

# 第十八章：激光眼睛（下）

进攻第二个激光眼睛的主将是马丁。马丁仔细地观察了一遍第二个激光眼睛，对士兵们说道："大家看，第二个激光眼睛的能量都是从太阳里取出来的。只要我们将太阳炸成粉碎，就可以轻易地把第二个激光眼睛击碎。可是，那个太阳必定会有重兵防守，必须得想个办法才是。"

突然，马丁灵机一动，叫道："啊，有了！我去第二个激光眼睛的旁边放'救命'的声音，把防守的敌军引过来。你们兵分两路，一路去把太阳炸成粉末，一路看到太阳炸碎后，立即将你们的飞船炸弹扔到第二个激光眼睛上就是了！"众人听了这个计策后，先是一片寂静，似乎在考虑这个计策是否妥当，再是一片叫好的声音。

几分钟后，马丁的飞船上发出了‘救命’的声音。那声音惊天动地，震耳欲聋，第二个激光星球似乎也震动了三下。守护太阳的军队一听到那个声音，纷纷启动飞船，飞向了马丁的飞船。敌军靠近一看，原来是一架在放‘救命’的飞船，都哭笑不得地对自己说：“傻蛋，别人放‘救命’的声音你也信以为真！”可是他们转念一想，那个人肯定是故意把我们引到这里的！敌军想到这里就气急败坏的对马丁说：“你这个臭小子，把我们引到这里想做什么！”

马丁回答道：“当然是把你们全部从空中射下来喽！”

敌军喊道："哼，想得美！等我们把你先射下来再说！"说着，他们就开始发射子弹了。敌军的包围圈组成了一个圆形，将马丁包围了一个水泄不通。可是，他们怎么射子弹，总是射不到马丁。他像一只在树中的小松鼠一样，窜来窜去，朝他射的子弹就像是树中的树枝一样。由于敌人的包围圈的形状，他们的子弹没有射到马丁的话，就会飞到包围圈的另一边，将另一边的一架飞船击落。包围马丁的敌人顿时一片大乱。

突然，***轰隆隆隆***，太阳爆炸了！还在太阳旁边的敌军都被滚烫的太阳碎片化为了灰烬。敌人一听到太阳爆炸的声音，就比原来更乱了！

敌军想朝马丁射子弹，可是他们要么射到自己的飞船，要么射到了第二个激光眼睛上，反而帮助了马丁的军队快点炸毁第二个激光眼睛。

**轰隆隆隆**，又是一声爆炸的声音。这次是炸弹将第二个激光星球炸毁的声音。马丁的嘴唇上露出了满意的笑容。可是马丁忽略了一件重要的事情。乒乒乓乓，**轰隆隆隆**！马丁忽略的正是第二个激光眼睛炸碎后乱飞的碎片。爆炸的声音正是马丁的飞船的左翼被碎片砸断的声音。

噼里啪啦，马丁的飞船极速地开始向左下方飞行。他闭上了眼睛，等待着死亡。

## 第十九章：罪犯 C7F

倒转时间——两天前，4987，12 月 29 号……

R1W 是一名专业侦探。他处理过特别多的案子，可是今天，不一样了。这次的案子不像以前一样，不是杀人放火，不是电脑被盗，也不是偷财物，而是冒充人和造谣言……

R1W 坐在中心大厦的第三万两千五百四十八层楼的总统室里，和英国大总统激烈得争吵着。

“我要立即去抓住罪犯 C7F！不管有多难我也要做！”

“R1W，冷静一点！将军不打无准备的仗！”

“谁说我没准备！我的资料都在，他的相貌也都被我画下来了，我的识破改装机械眼镜也带上了，我的队伍也都等在下面了！我的天啊！你还说我没准备？”

“算啦，算啦，算啦！算你有准备，可是你找到他后有没有证据来让他认罪？”

“当然有啦！你当我是傻瓜啊？每个侦探都知道，找罪犯前得先找至少三条证据！我现在要马上去捉拿 C7F，就是因为我已经找到了三条证据了！”

“好吧，好吧！你可以立即去找C7F！”

“谢谢啦！”R1W打开了大门，走了出去。突然：“砰砰！”两声枪声从屋子里传了出来。

R1W再次打开门的时候，只见人影晃动，那个影子跃出了窗门。他在朝地上一看，几乎晕了过去……

原来，英国总统被枪杀了！R1W说道：“杀英国总统的人肯定是C7F！他听到了我门的对话，所以把总统先生杀掉了！哼！这个C7F，真是太放肆了！对啦，最近我听说有好几名机器人和好几名人类已经打到乐克萨斯力量的中心了！他们把挡着他们的三个关卡都炸掉了。但是乐克萨斯力量的中心是两个太空机械星球——摧毁机一和二！我还听说C7F是一名乐克萨斯奸细。要不我把他抓起来，再逼问他打败摧毁机一和二的办法！”

说到这里，R1W 沿着 C7F 逃出中心大厦的路走了出去，发现了 C7F 跳中心大厦后留下的脚印。R1W 沿着脚印来到了一间小屋子，小屋子里面有一个人。那个人戴着一顶棕色的帽子，脸颊被帽子的黑影遮住了，让人觉得意外得阴凉。他穿着一间特大的外套，两条腿上穿着一条牛仔裤，两只脚上有着一双黑黝黝的皮鞋。这人正是 R1W 的图片上的 C7F！

R1W 想道：“他在里面，我没有办法把他拉出来，只能等他自己出来了。”R1W 沉思了片刻，突然叫道：“有啦！”

不一会儿，C7F 出来了。可是他看到的不是平时看到的土地，房子，河水，却是一个石头做的隧道。他往前走了一会儿，发现是一个死路，想回去，可是，回去的路被R1W 堵住了！R1W 拿出了手铐将 C7F 的手铐住了，然后他逼问道："摧毁机一和二怎么打败？"

C7F 叫道："我不说！"

R1W 将他的铁棍子往 C7F 的屁股上一送，喊道："看你说不说！看你说不说！"

C7F 还是叫道："我不说，我就不说！"

R1W 喊道："你说'我不说'就说明你知道怎么打败摧毁机一和二。"说到这里，他又将铁棍子往前一送。

这次 C7F 忍受不住疼痛了："好，好，好，好！我说！我说！摧毁机一有一个小洞，那个小洞是可以直接通到摧毁机一的中心的。只要把中心炸掉，摧毁机一就完蛋了。”

R1W 又问道：“那么摧毁机二呢？”

C7F 说道：“摧毁机有四个轨道。每个轨道都是通向摧毁机二的中心发射机的。你们需要四架飞船在四个轨道的上面飞行，在四个轨道的尽头的正方发射子弹，就可以把摧毁机二炸掉。可惜的是四个轨道的上面有特别多的枪和炮，你们那些个可怜的飞船都会被咱们的枪和炮炸掉！哈哈哈哈哈！”

R1W 生气地喊道：“笑什么？再笑我就把你剁成肉泥！队伍军官，快过来！”一名躲在隧道外面的军官跑了进来。

“把 C7F 说的话都发给在太空里的那几位人类和机器人，再把这名罪犯带到监狱里！”

“好嘞！”说着，那名军官带着 C7F 走了。

R1W 望着 C7F 的背影喃喃地说道：“我这一生最难的案子做完了。”他转过了身子向回走去。

# 第二十章：大结局

这日，马丁和 B6E 躺在飞船里的床上。A5B 和克里斯坐在床的边上。他们望着躺在床上的马丁和 B6E，说道："希望你们快快醒来！"

突然，一名密探来报："紧急军务！有一架飞船从外太空，三百乐斯距离飞向我们。他们的信号说他们是从地球来的，是来告诉我们怎样打败摧毁机一和二的。他们的飞船型号是 X-5F3 飞船。"

A5B 开始在飞船的仓库里走来走去，嘴里说着："X-5F3？X-5F3？"忽然他叫了起来："对啦！那是我的好友 R1W 用的飞船！他一定是抓到了地球上的那个奸细——C7F！

他肯定是逼他说出打败摧毁机一和二的办法了！”

咯噔，咯噔，咯噔，咯噔，又有一名密探来报：“不好！那架飞船来得太慢了，被大队敌军拦截住了！”

克里斯道：“敌军有多少兵马？”

“三百多万！”

“我们只有三十多万，怎么能打败三百万呢？嘿！有了！擒贼先擒王！大帅飞船有几架？他们的信号说要在什么时候进攻，在什么地方进攻？”

“有三架大帅飞船！他们的信号特别奇怪，说什么‘早打败，上天空，六十三，点三点，二十炮，十万军，七十枪。迷路球，宫殿天，星亮光，球形状。’”

“我知道了！他们把他们发出去的信号变成了一个难以理解的‘语言’。至于是什么‘语言’，那就不知道了。”

过了一会儿，A5B喊道：“啊！你们看，每一段的第一个字可以连成一个句子——早上六点二十七。迷宫星球。早上六点二十七是他们要进攻的时间。迷宫星球是他们要进攻的地点！他们想把那架要告诉我们怎样打败摧毁机一和二的飞船逼进迷宫星球的迷宫中，再将其抓获。我们只要在那三架大帅飞船的上方，朝那三架飞船射击，那么我们就可以打败他们了！”

克里斯听了之后有些着急：“现在什么时候啦？啊！幸好，现在是早上六点二十分。七分钟的时间够了！咱们可以提前到达迷宫星球！”

过了一会儿，三百万乐克萨斯军队来到了迷宫星球。他们的前面是一架 X-5F3 飞船。X-5F3 飞船马上就被逼进了迷宫，乐克萨斯军队也跟了进去。躲在迷宫上方的克里斯军队一看见三架大帅飞船飞进迷宫之后，立刻呐喊了起来。呐喊声惊天动地，立刻就把大帅飞船吓倒了。很快，克里斯就炸毁了那三架大帅飞船，军心大乱，乐克萨斯军队被吓得屁滚尿流，人仰马翻，整个军队没了主帅就变成了一盘散沙。

A5B 感叹道：“原来神谕说的话都是假的呀！虽然那是假的，但是它说的话还是打动了我，才让我们打败了乐克萨斯力量。”

B6E 回说道：“是呀！”

轰隆隆隆！

克里斯和 A5B 获得了打败摧毁机一和二的办法后，很快就把摧毁机一和二炸毁了。

一个没人听得到的声音喊道：“救命呀！你这些混蛋竟敢把我的家炸毁！啊啊啊！火烧屁股啦！”

从此，世界太平了一万年，这一万年当中没有战争，只有和平。可是这一万年后就不一样了……

完

# 后记 壹：附图

这是一些我写故事的时候画的其它的图。

激光枪

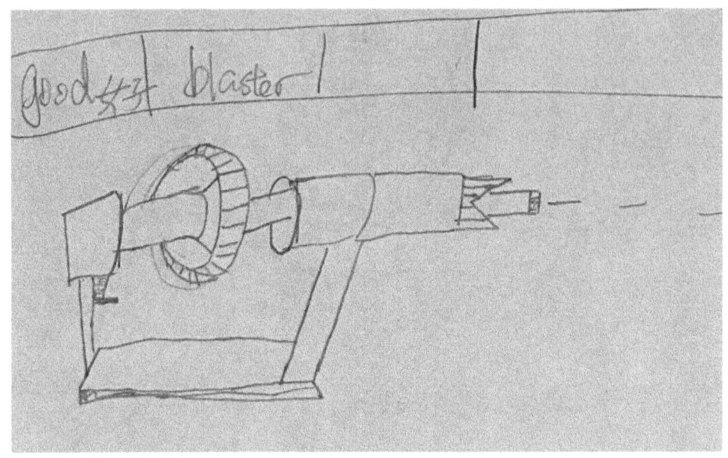

齿轮车

0-战斗机

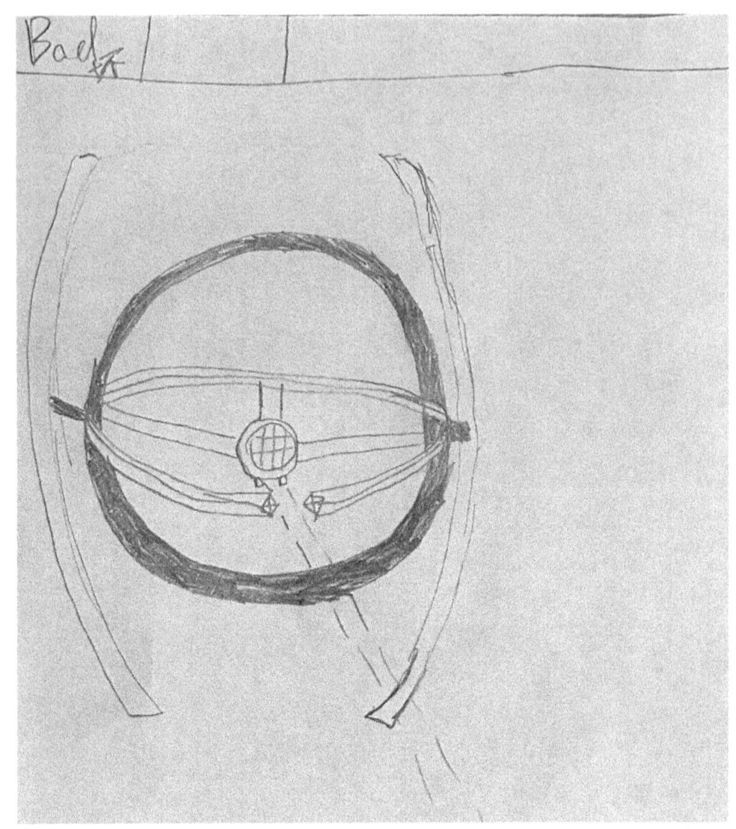

大型战斗飞船

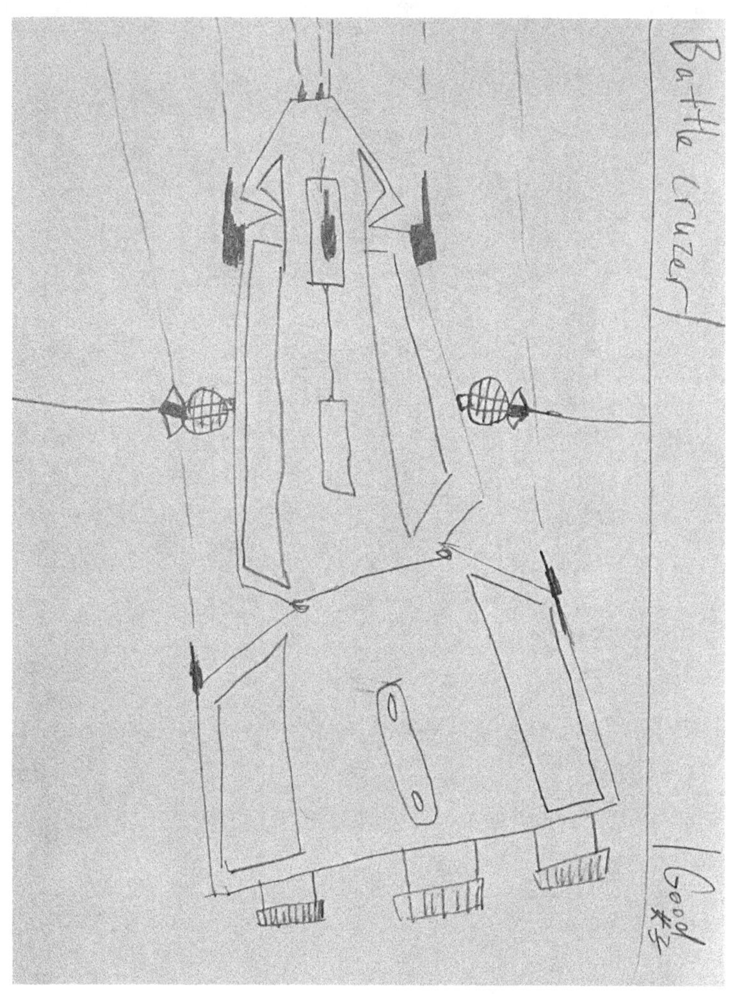

C-战斗机

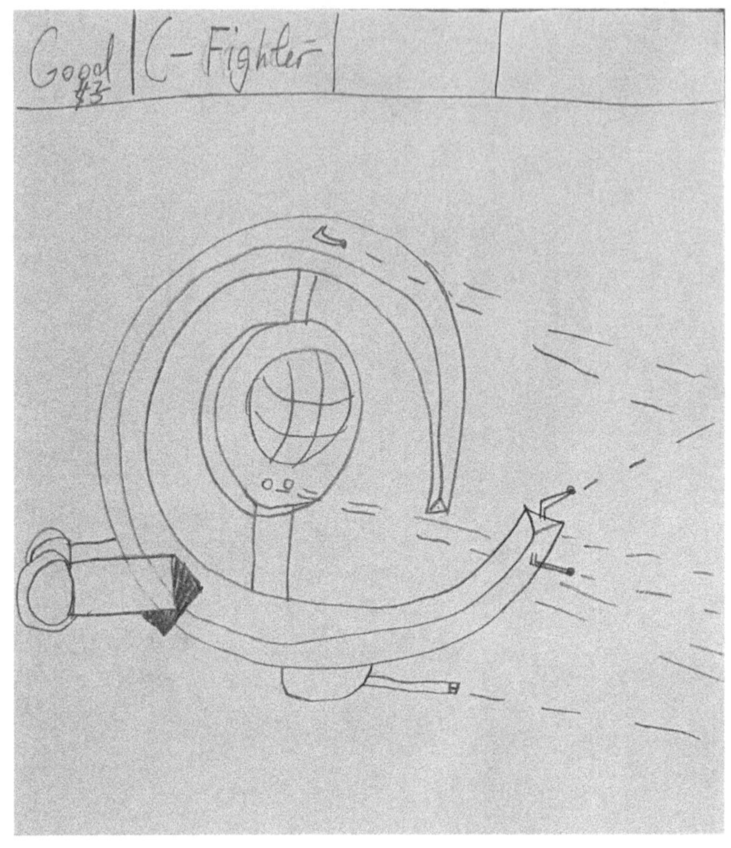

LIB

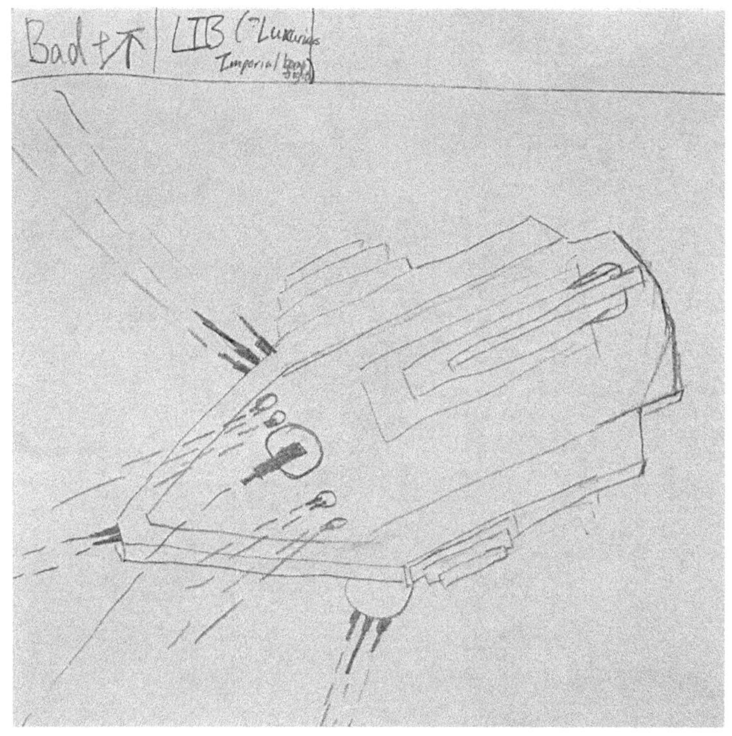

飞船运输机

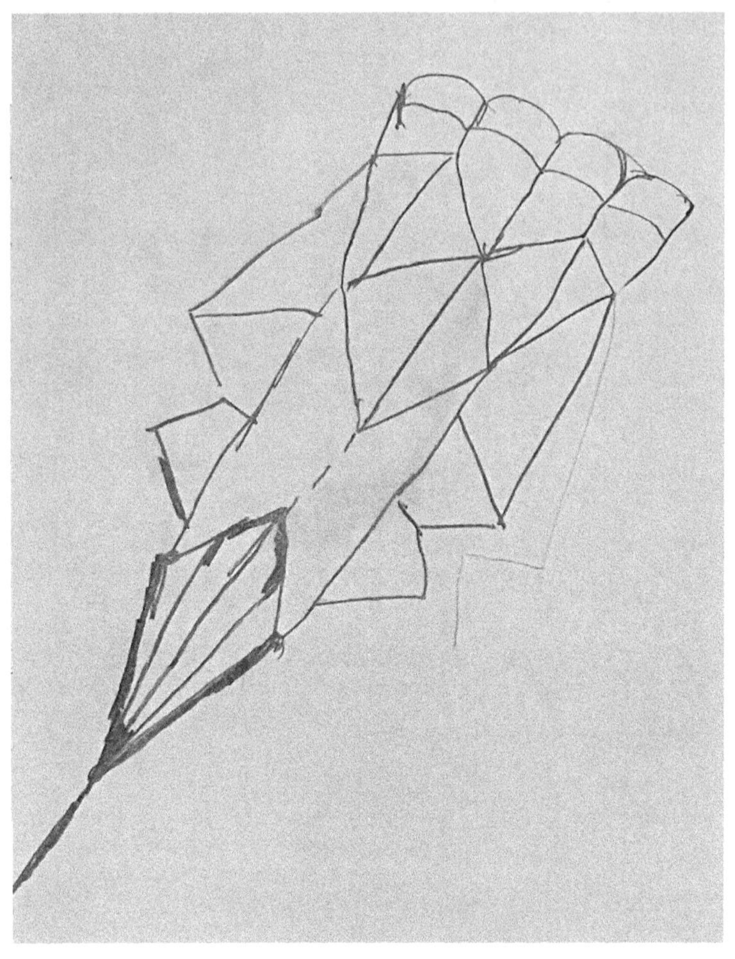

圆圈导弹机

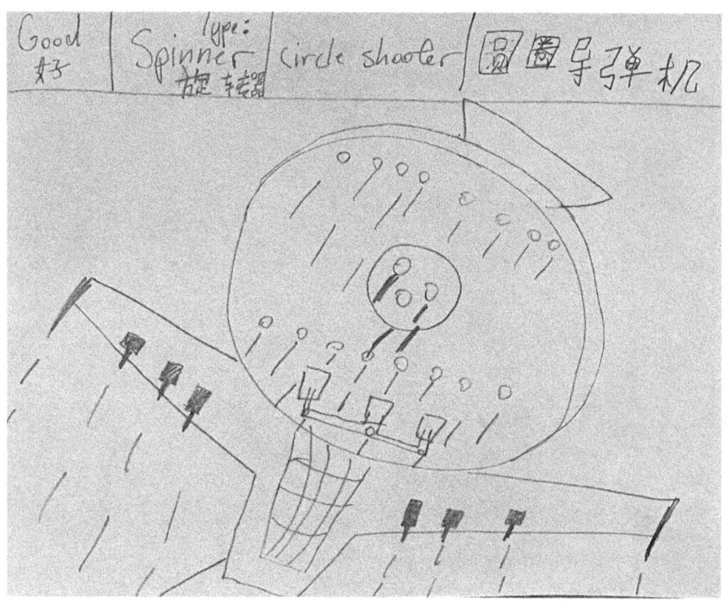

# 双母舰

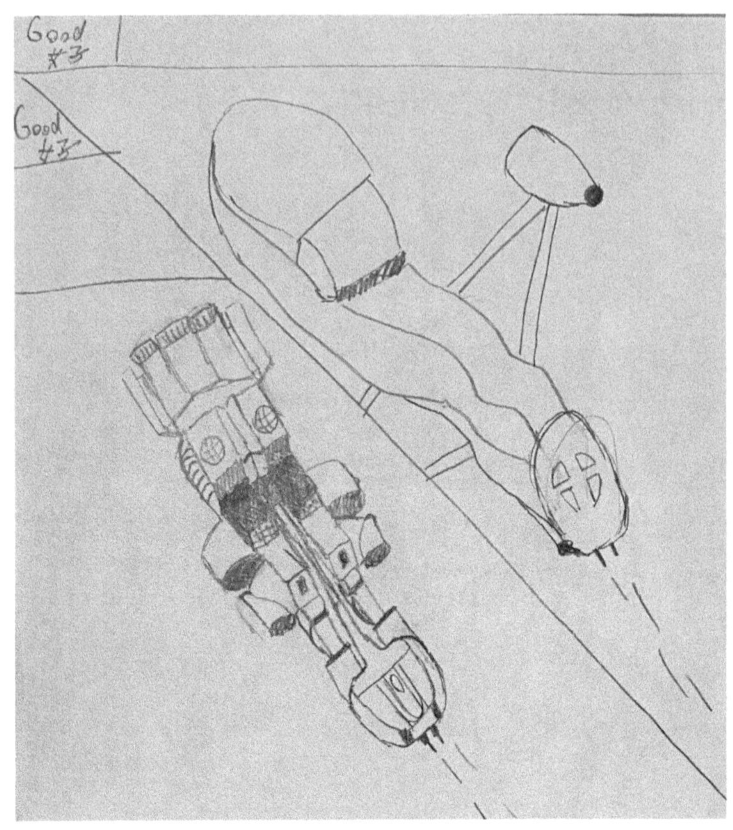

D-战斗机，H-战斗机， J-战斗机

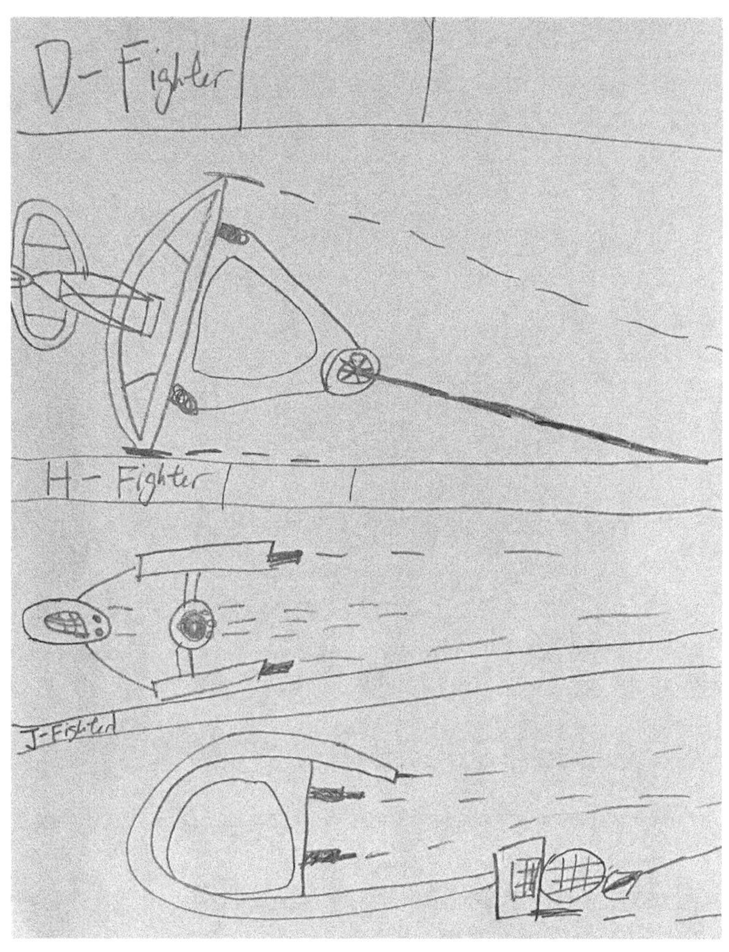

# 后记 贰 ：预告

## 布鲁吉亚•斯特阿乐儿星球日记

### 第一章：旅程开始

杰克•阿姆斯特勒尔日记

地球—4988 年

嗨，大家好，我是杰克。我已经在地球上憋了四年了。我的每一个邻居都已经去过外星球至少十次了，就只有我一次都没有去过。尽管地球上已经有五百万架太空战斗机了，可是我一架都没有碰到过。我的愿望就是在二十岁之前到一个只有一个队伍去过的星球上，再回来，可是我已经十三岁了，还没有到过其他的星球一次。唉，真是让人闷心。

一月一日：

地球政府来消息了。政府想要我驾着A-01号的太空之剑飞往一个遥远的叫布鲁吉亚•斯特阿乐儿的星球，再转告政府布鲁吉亚•斯特阿乐儿星球的信息。

一月二日：

今天是我出发的日子。我浩浩荡荡地在B-11号太空之剑发射口出发了。

一月三日：

我已经出发一天了。今天早上七点二十八分我看到了月亮上的太空56号神剑。它的上面有一把剑的图案。晚上十点三十七分我看到了火星上的太空健身房，里面还有人健身呢！

一月十日：

前几天我什么都没有看见，可是今天我看到了大家说的小行星了。哪里有大块大块的冰石头。每一块石头都是坑坑洼洼的。我看到的至少有 100,000 块。

一月二十一日：

前面的十几天除了陨石什么也没有看到。不过今天我看到了木星。它是我们太阳系里面最大的星球，也是我最喜欢的星球。木星上有一个大红点，是地球的三倍那么大，而且大红点是一个大风暴。它从古到今一直在！我乘的 A-01 号的太空之剑差一点就被吸进去呢！

三月一日：

其实我这个日期写错了，应该是二月二十九日，因为今年是一个闰年。不用管那么多了！反正，二月到三月的时候，我看到来了好多星球啊！哦不！应该说是月亮。我一共看到了一百六十一个月亮，七十九个是木星的，八十二个是土星的。

三月一日：

现在才是真正的三月一日。我今天差点掉到土星的风暴里。不过那里也特别好看，有闪闪发光的土星环，还有褐色的土星。□

五月三十日：

嘿，我已经经过了天王星，到了海王星了！我知道海王星有一个大黑洞，好像也是一个风暴洞。咦？我好像看到了一个虫洞。虫洞是一些从太空的一个地点通往另一个地点的通道。好像这个是通往布鲁吉亚•斯特阿乐儿星球的虫洞。

五月三十一日：

虫洞里一点也不好玩。我方向转盘错了一厘米就会导致整个 A-01 号的太空之剑撞来撞去。穿越时空也没我想像的那么快，我花了至少五个小时！不过我终于到达了布鲁吉亚•斯特阿乐儿星球。希望我能顺利降落！

## 第二章：外星球的日子

大家好！我是你们的老朋友，杰克。上次我讲到了我到布鲁吉亚•斯特阿乐儿星球的旅行。还记得我经过的月亮，火星，木星，土星，天王星，和海王星吧！你应该也记得我在海王星旁边找到的虫洞，虫洞里的经历和布鲁吉亚•斯特阿乐儿星球吧！这次我就要讲到在布鲁吉亚•斯特阿乐儿星球的经历了！

五月一日：

今天下午，我把 A-01 号太空之剑停在了布鲁吉亚•斯特阿乐儿星球的一座山上。站在 A-01 号太空之剑的顶上，环顾四周，可以看见山丘，河水，大树，大海，房子和所有在地球上能看到的东西。唯一看不到的就是人。照理说有房子就应该有人呀！不过，答案马上就找到了。

五月二日：

早上八点钟（我不知道布鲁吉亚•斯特阿乐儿星球人是几点），我在 A-01 号上拿着望远镜看周围的时候，发现了许多小黑点。我把镜头放大了一点，发现它们还在动。我再一次放大了一点，发现他们就是迷你小人，只有一英寸高。他们似乎也发现了我，正在向我走来。不过，他们走得可慢了，我走一步，他们要走五十多步。没几下，我就把 A-01 号太空之剑带到了一个安全的地方了。布鲁吉亚•斯特阿乐儿星球人似乎不罢休。他们追啊追啊，可是就是追不上，只好回去了。

五月三日：

今天我见了一下布鲁吉亚•斯特阿乐儿星球人。他们并没有攻击我，而且还欢迎我看看他们的布鲁吉亚•斯特阿乐儿星球国家。这国家不大，也就一百米长，五十米宽。哪里有房子，有铁路，有马路，还有红绿灯，实在是太好玩了。

七月二十日：

前两个半月发生了太多事了，简单说，我和布鲁吉亚•斯特阿乐儿星球人打了一仗。这是怎么打起来的呢？这么说吧，我在他们的小街上的时候，不小心踩到了一幢房子，绊了一跤，又撞到了几十幢房子，把布鲁吉亚•斯特阿乐儿星球人激怒了。他们就跟我打起来了。哎，太累了，明天继续写吧。

七月二十一日：

啊，感觉好多了！昨天说的，今天继续。打到最后，我给布鲁吉亚•斯特阿乐儿星球人送了一封特别短的信。信里我说道：

“亲爱的布鲁吉亚•斯特阿乐儿星球人，我只是砸垮了几十座房子，我可以叫我们星球的人来帮你们马上修好，还可以帮你们造更多新房子，你们愿不愿意啊？

从地球来的杰克”

结果，他们同意了，战争也就停了。

七月二十五日：

今天我要返程了。可是让我没想到的是布鲁吉亚•斯特阿乐儿星球的一次野生灾难即将降临......

（未完待续）

## 后记 叁 ：穿入宇宙的中心！

无数星光照满天，
宇宙中心在前面。
圆圆滚滚黑黝黝，
垃圾废物往里丢。
人类未曾进去过，
机器却在里交错。
今日人类要穿入，
飞船来此等这幕。
圆盘手臂指向兮，
两个Ⅰ和两个Ⅴ。
叮叮当当叮叮当，
时间已到闹钟响。
大家脸上都无色，
飞船快要穿入了。
黑保龄球三个孔，
大家要到三号中。
飞船加速向前行，
大家等待领导令。
领导发令往里飞，
大家飞船往下坠。
噼里啪啦噼里啪，
撞球飞船都爆炸。

少数飞船无损伤，
但他们都特别忙。
有的在做计算题，
还有的在理东西。
有的在操纵飞船，
有的忙着看黑团。
飞船队在球上面，
每架飞船分三片。
每片飞船有一人，
还有一扇超大门。
零零碎碎飞船片，
掉入黑洞的里面。
大家都特别害怕，
怕再也见不到妈。
无数碎片在洞里，
撞到百万碎米粒。
有些碎片被打碎，
还有的被炸掉嘞！
有个碎片成功入，
在洞的反面登陆。
圆圆滚滚黑黝黝，
什么东西都没丢。
在 ABC 新闻中，
获得了阿拉斯红，

阿拉斯红是个奖，
太空探索获得赏。
有一人听说之后，
也想到舞台上秀。
所以他乘着飞船，
来到超大的黑团。
他想绕着飞半圈，
再穿入当中还原。
结果飞到大半圈，
电池已经全用圆。
那架飞船悬半空，
那人进了机器龙。
机器龙威风得紧，
脖上还有个风铃。
巨龙在空中飞舞，
准备穿入后登陆。
巨龙向前急速进，
机器龙已在拼命。
那人到了另一边，
并没去星球表面。
他骑着龙向地球，
从太空水向回游。
回到地球被播放，
到哪里都被看上。

他也获得那个奖，
获奖的只有他俩。
他们俩都很高兴，
马上得了领导令。
领导说要开派对，
大家喝彩叫万岁！

完

## 关于作者

我叫李涵今，今年十岁。我特别热爱画画和写故事。因为星球大战是我最喜欢的电影之一，所以我才写了这本书。其实，这个故事是我的“每周作文”，每一个星期写一章。我花了半年多写完的。谢谢我的中文老师董老师每周不厌其烦地帮我修改作文。还要谢谢我学校的于老师鼓励我坚持写故事。

平时我还喜欢看中文书或者英文书。我比较喜欢的中文书有金庸小说原版，水浒传，凯叔系列和汤小团系列。

## About the Author

My name is Keith Li and I am ten years old. My dad, mom, sister, and I live in California. I love to draw pictures and write stories. Inspired by Star Wars, which I am a big fan of, I wrote this book. I will give a big thanks to my afterschool Chinese teacher, Ms. Dong, for correcting my grammatical errors, and to my school Chinese teacher, Ms. Yu, for encouraging me to keep on writing.

I love to read books in both Chinese and English. My favorite Chinese books are martial arts books by Jin Yong, Water Margin, and many others. My favorite English books are Harry Potter, Wings of Fire, and Wonder.

www.ingramcontent.com/pod-product-compliance
Lightning Source LLC
LaVergne TN
LVHW010625100826
845148LV00014B/3114

* 9 7 9 8 9 8 5 1 0 4 9 0 5 *